Anaïs Vaugelade

LE DÉJEUNER DE LA PETITE OGRESSE

lutin poche de l'école des loisirs
11, rue de Sèvres, Paris 6e

pour Lise W.

C'est une petite ogresse. Sa maman est morte, son papa est mort, et elle vit seule dans un immense château. Chaque dimanche, à déjeuner, la petite ogresse mange un enfant. C'est une tradition de famille, chez les ogres, on mange un enfant par semaine et deux les jours de fête.

La petite ogresse chasse l'enfant chaque mercredi.
En travers d'un chemin, elle installe une cage dont la porte
est maintenue ouverte par une corde. Dans la cage, elle pose un gâteau.
Les enfants veulent le gâteau et ils entrent dans la cage,
ils sont tellement bêtes ! Aussitôt l'ogresse lâche la corde, la porte tombe,
l'enfant crie, il pleure, il appelle sa mère mais c'est trop tard.
Un mercredi, la petite ogresse voit un garçon s'approcher de la cage.
Il s'arrête, lève les yeux et la regarde. « Zut », pense l'ogresse.

Mais le garçon entre dans la cage et s'assoit tranquillement au fond.
« Ma parole », se dit l'ogresse, « celui-là est encore plus bête que les autres. » Et elle lâche la corde.
Le garçon ne pleure pas, il ne crie pas, il n'appelle pas sa mère.
Il dit : « Bonjour, êtes-vous une vraie ogresse ? »
« Quel enfant bizarre », pense-t-elle.
« Je me demande s'il est comestible. »
« Je vous ai reconnue », dit le garçon,
« parce que j'ai lu un livre qui parle de la vie des ogres. »
« Ah bon », répond l'ogresse.
Elle monte la cage sur son pousse-bagages et la ramène chez elle.

La petite ogresse tâte le garçon avec une fourchette, et elle lui sert
une salade de sel et de poivre, pour donner meilleur goût à sa viande.
Généralement les enfants ne veulent rien avaler,
mais celui-là en redemande. Il réclame aussi de la vinaigrette.

Et quand, dimanche, la petite ogresse entre dans la cuisine, elle trouve la cage ouverte. Le garçon est sorti ; maintenant, il met la table. « C'était pour te rendre service », dit-il. « Mais je peux tout ranger si tu préfères. »

Le garçon remet tout à sa place. Il fabrique aussi une échelle pour ranger les casseroles hautes, et il passe la serpillière.

Il explique : « Elle a un problème, cette cage, elle ferme mal. Regarde : là, il manque un taquet. » Après quoi, il rentre dans sa cage et referme la porte. L'ogresse se dit qu'elle n'a pas assez faim pour manger un enfant pareil. Elle le mangera dimanche prochain.

Le mercredi, l'ogresse se réveille mal.
Elle irait bien chasser un peu, seulement la cage est occupée.
Elle pourrait manger le garçon, là, tout de suite,
sauf que ça n'est pas dimanche.
Elle sort. Elle donne des coups de pied dans les arbres
et dans les pierres. Elle est de très mauvaise humeur.

Quand elle revient le soir, la cage est vide.
L'ogresse est furieuse : elle renverse toutes les chaises, elle fouille tous les placards, elle gronde.

Puis, elle pleure. Alors le garçon sort de sa cachette. « J'étais sorti prendre un petit verre d'eau », murmure-t-il. « Tu es fâchée ? » « Non », renifle la petite ogresse. Et c'est vrai, elle n'est plus fâchée. Elle dit : « Je te ferai de la vinaigrette si tu veux. »

Alors ils font de la vinaigrette, ils fabriquent des échelles…

Et quand arrive le deuxième dimanche, la petite ogresse se rend compte qu'elle n'a aucune envie de manger cet enfant.

Seulement, quand on est une ogresse de sept ans, en pleine croissance, on doit manger des enfants. Sinon on tombe malade.
Et c'est ce qui arrive. Lundi la petite ogresse se sent faible.
Mardi, elle a de la fièvre. Mercredi, elle tremble et ne peut plus se lever.
Le garçon reste nuit et jour près du lit de l'ogresse. Il ne la quitte que pour aller préparer une tisane ou une compresse d'eau tiède.
Dans son sommeil, l'ogresse grince des dents et grogne :
« Je le mangerai, je le mangerai… »
Le garçon lui tient la main pour éloigner le cauchemar.

Le jeudi matin, quand le garçon se réveille,
sa main est dans la bouche de l'ogresse.
« Je crois », dit-il, « qu'il vaut mieux que je parte. »
L'ogresse lui adresse un minuscule sourire,
et murmure : « Ch'était pour goûter. »
Alors, le garçon s'en va.

ais souvent il pense à la petite ogresse.
ne peut pas s'en empêcher. Un jour, longtemps après,
décide d'aller la voir. La petite ogresse a grandi.
le est devenue une très belle jeune ogresse.
garçon n'en croit pas ses yeux. « Je suis revenu », dit-il.
Et maintenant j'aimerais t'épouser. »

Alors l’ogresse promet qu’elle ne mangera plus personne, ils se marient, et ont beaucoup d’enfants.
Le mercredi après-midi, ils se promènent dans la forêt, en famille. Chaque fois l’ogresse pense : « C’est ici que j’ai rencontré mon mari. »
Puis elle dit : « Dépêchons-nous, les petits, il est bientôt l’heure d’aller goûter. »